À MERLIN

MON PETIT ÊTRE
MON PETIT MAGICIEN
MON FILS

Avec mon amour

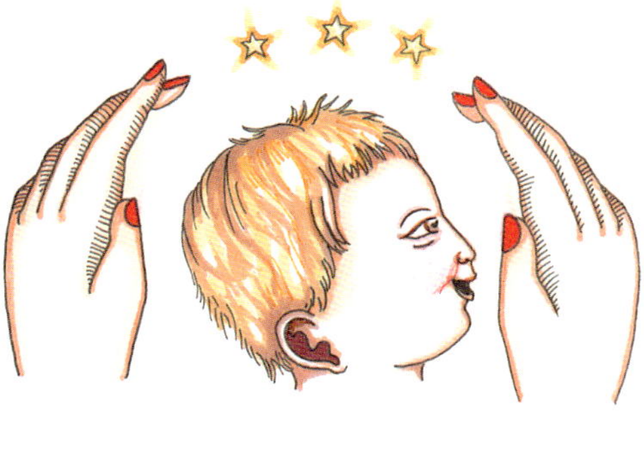

Cet album, réalisé à l'initiative et avec le concours du Conseil général de l'Ardèche, a été offert à tous les bébés nés en 2010 et 2011 dans le département.

Tout va bien Merlin !

Texte et illustrations d'Emmanuelle Houdart

EDITIONS
THIERRY
MAGNIER

– Mais qui a pris mon biberon ?

Tout va bien Merlin :
c'est la sirène aux douces mains !

– Mais qui joue avec mes cubes ?

Tout va bien Merlin :
c'est un dragon vraiment malin !

– Mais qui s’est assis sur mon pot ?

Tout va bien Merlin :
c'est un drôle de diablotin !

– Mais qui s'est installé
dans ma poussette ?

Tout va bien Merlin :
c'est un extra-moelleux lapin !

– Mais qui a plongé
dans mon bain ?

Tout va bien Merlin :
c'est un gentil monstre marin !

– Mais qui se repose
dans mon fauteuil ?

Tout va bien Merlin :
c’est la licorne et ses bouquins !

– Mais qui s'est endormi dans mon lit ?

Tout va bien Merlin :
c'est un adorable poussin !

– Mais qui s'est caché dans le manteau ?

Tout va bien… c'est Merlin !

www.editions-thierry-magnier.com
isbn 978-2-84420-798-2
Dépôt légal : novembre 2009

Loi n° 49-956 du 16 juillet 1949 sur les publications destinées à la jeunesse.

Achevé d'imprimer derrière le manteau par Proost (Belgique) en octobre 2009.

Éditrice : Valérie Cussaguet
Conception graphique : Fabrice Houdry
Photogravure : Pays d'Oc Groupe

L'éditeur remercie sincèrement le Conseil général de l'Ardèche pour son aide précieuse.